Ce livre
appartient à :

_____

_____

D1331874

Nicky
n'a peur de rien!

Une histoire de
Pascale Hédelin

Illustrée par
Laurence Bedeau

Hemma

Comme un dauphin dans l'eau

C'est une belle après-midi d'été. Nicky le petit dauphin et sa maman sont partis, seuls, faire une longue promenade dans l'océan. Et Nicky, collé aux flancs de sa mère, savoure la tiédeur de l'eau tout en observant cet immense monde liquide et bleuté qui l'entoure.

Là-haut, le soleil perce la surface et

ses reflets tremblants viennent jouer sur la peau lisse du jeune dauphin.

– Comme c'est beau ! Mais c'est si grand et si mystérieux, l'océan ! pense-t-il, en scrutant d'un œil inquiet les eaux profondes tout autour de lui.

Comme tous les dauphins, Nicky adore plonger, jouer et faire de grands bonds hors de l'eau. Mais il est si jeune et si petit encore qu'il se sent fragile, et cela le rend très craintif.

Du coup, tout ce qui lui est inconnu l'effraie terriblement…

D'ailleurs, dans sa famille, ses jeunes cousins, qui se moquent gentiment de lui, l'ont surnommé « Nicky l'effarouché ».

Mais heureusement, sa maman est là : sa voix douce et le contact de sa peau le rassurent aussitôt. Elle est si forte, si tendre, et en plus, si belle, sa maman ! Nicky ne se lasse pas de l'admirer sous l'eau, avec tant d'assurance !

Auprès d'elle, Nicky est heureux, car il sait que rien ne peut lui arriver ! Un après-midi, il aperçoit soudain, tout au fond de l'eau, une grosse forme sombre et velue. Elle se tient étrangement immobile et lui paraît très menaçante…

Aussitôt, il se rapproche vivement de sa maman et chuchote :

– Dis, maman, et ça là-bas, c'est méchant ?

– Mais non, ma petite crevette ! répond sa mère en riant. Ce n'est qu'un gros rocher couvert d'algues !

– Un… un rocher ? Tu es sûre ? insiste Nicky, en surveillant la forme d'un œil soupçonneux.

– Tu sais, ce qui est gros et vilain n'est pas forcément méchant ! Parfois, au contraire, c'est quelque chose de très joli qui peut se révéler dangereux !

– Ah bon ? s'étonne Nicky.

– Et puis, chez toutes les espèces, il y

a des bons et des méchants ! Je t'ex-
pliquerai… De toute façon, tu ne dois
pas avoir peur de tout !

– Mais, maman, je ne suis pas fort
comme les autres, moi, et…

– Allons, aie confiance ! Crois-moi,
Nicky, tu as de grandes qualités et, un
jour, tu les découvriras… affirme sa
maman avec tendresse.

Nicky ne répond pas et reste songeur.
Sa mère en profite pour ajouter :

– D'ailleurs, mon oursin chéri,
aujourd'hui, je t'ai amené tout seul
jusqu'ici pour t'expliquer quelque chose
d'important. Voilà : tu sais que tu
commences à être grand maintenant…

– Hmmmh… marmonne Nicky,
distrait par le passage silencieux d'une
belle méduse aux longs filaments
orangés.

– Eh bien, bientôt, tu vas devoir
cesser de boire mon lait !

– Oh ! Mais pourquoi ?

– Tout simplement parce que, comme tous les dauphins adultes, tu vas apprendre à manger du poisson !

– Quoi ? Du poisson ? Berk ! proteste Nicky d'un air dégoûté.

– Allons, viens voir ! poursuit sa mère en se propulsant sur le côté. Ici, il passe tous les jours un banc de sardines et je voudrais que tu y goûtes avec moi…

– Mais maman, je…

À cet instant, Nicky s'interrompt, car un bruit inconnu vient soudain d'agresser son oreille très sensible… « Rrrrrr Rrrrr »…

Une silhouette pointue se déplace lentement en grondant, là-haut, à la surface de l'eau.

– Un bateau ! s'écrie gaiement sa maman. Ce sont des hommes ! Viens, on va leur dire bonjour ! Tu verras, ils sont très amusants…

Et aussitôt, elle donne un puissant coup de nageoire pour remonter vers la surface.

Mais Nicky, méfiant, hésite à la suivre. Il connaît peu les hommes et il a l'impression étrange qu'il ne faut pas s'approcher de ceux-là.

Sans doute a-t-il raison…

La capture

Immobile sous l'eau, Nicky voit le bateau tourner autour de sa maman, là-haut. Il crie pour l'avertir qu'il sent un danger ! Mais le bruit du moteur couvre ses appels.

Le bateau s'arrête et, à cet instant, un gigantesque filet se déploie sur sa maman !

Nicky la voit se débattre, mais le filet la soulève hors de l'eau. Aussitôt, le cœur battant, le petit dauphin se rue à son tour vers la surface. Hélas, quand il l'atteint, il est déjà trop tard : le bateau redémarre !

Nicky aperçoit sa maman allongée sur un tapis de mousse. Alors il se dresse hors de l'eau et hurle :

– Arrêtez, arrêtez ! Rendez-moi ma maman !

Mais les hommes, trop occupés, ne voient même pas le petit dauphin. Et le bateau s'éloigne à toute allure, dans un grondement de tonnerre.

Sans hésiter, Nicky se lance à sa poursuite. Sa maman lui crie :

– Ne t'inquiète pas, mon petit ! Les hommes ne sont pas méchants, je reviendrai bientôt ! Retourne vite auprès des nôtres, et souviens-toi de mes conseils… Et surtout, prends bien garde aux requins !

Pourtant Nicky s'entête. Il nage vite, derrière le bateau. Il n'a jamais nagé aussi vite de sa vie… et il en est tout étonné !

Malgré ses efforts, cependant, le petit dauphin n'arrive pas à rattraper les hommes. Et, à bout de forces, il doit abandonner.

Déjà, le bateau qui s'éloigne n'est plus qu'un tout petit point noir à l'horizon…

Et Nicky murmure :

– Je déteste les hommes ! Ils sont méchants, méchants, ils ont pris ma maman ! Et je ne suis pas sûr qu'elle reviendra…

Tout seul en mer

Épuisé, Nicky reste un moment immobile, à la surface de l'eau. Il se repose et se laisse porter lentement par les courants.

– Maman m'a dit d'aller rejoindre notre famille… pense-t-il. Mais c'est affreux, j'ai tellement nagé que je ne sais plus du tout dans quelle direction aller !

Devant ? Derrière ? De ce côté ? Oh là là, je crois bien que je me suis perdu…

Et Nicky regarde autour de lui l'immense océan, qui s'étend à perte de vue.

Soudain, le dauphin se sent très seul et très petit. Lui si craintif, le voilà maintenant livré à lui-même, sans personne pour le protéger !

Le soir tombe et l'océan devient bleu sombre. Et Nicky a peur, car ce monde résonne de mille bruits inquiétants…

Tout à coup, des chuchotements l'alertent dans son dos ! Nicky se retourne… Ouf ! Ce n'est qu'un banc de sardines qui se promènent en bavardant ! Nicky plonge vers elles et leur demande poliment :

– Euh… S'il vous plaît, mesdames, j'ai perdu mon chemin ! Pourriez-vous…

Mais aussitôt, les sardines s'enfuient

et l'une d'elle ricane :

– Si tu crois que tu nous fais peur, maigrichon ! Tu ne nous attraperas pas, on nage bien plus vite que toi ! Hi hi hi !

– Mais non, attendez ! Je ne veux pas vous manger ! Écoutez-moi…

Hélas, les sardines ont déjà toutes disparu au fond de la mer !

Déçu, Nicky n'insiste pas et il remonte à la surface pour respirer. Là-haut, le soleil se couche sur l'océan et quelques mouettes criardes traversent le ciel corail. C'est beau, mais Nicky craint la nuit qui s'installe. Pourtant, il est si fatigué que, bientôt, il s'endort…

Un drôle de monstre

À l'aube, une sensation désagréable réveille Nicky : quelque chose de bizarre lui chatouille la queue !

Il ouvre un œil et découvre que pendant son sommeil, il a atterri sur un gros rocher verdâtre.

Il se retourne et il aperçoit alors un horrible monstre tout visqueux et plein de pattes, agrippé à sa queue !

Nicky pousse un cri de terreur ! Et voilà que le monstre crie lui aussi ! Puis il devient tout rouge et se détache du dauphin en crachant un gros nuage noir !

Nicky est aveuglé un instant. Il veut s'enfuir, mais il entend alors le monstre chevroter :

– Oôôôh, quelle frayeur ! Je vous croyais mort, moi…

Et Nicky distingue sur le rocher deux yeux dorés qui l'observent fixement !

C'est le monstre, qui est devenu de la même couleur verdâtre que la roche !

Le petit dauphin se dit :

– Berk ! Quel drôle d'animal ! Il est vilain, mais il n'est peut-être pas méchant… Maman m'a bien prévenu de ne pas avoir peur de tout ! Si je lui parlais ?

Et il demande au monstre :

– Vous… euh… Vous vouliez me manger ?

– Eh bien, je suis désolé, mon petit… Mais, malgré mon âge, j'ai encore un appétit féroce ! répond le monstre de sa voix tremblante. Tu as dû entendre parler de moi : je suis Léopold le Poulpe, le plus vieux et le plus savant de l'océan ! Et toi, qui es-tu, petit poisson ?

– Je ne suis pas un poisson ! répond vivement Nicky en se rapprochant. Je suis un dauphin, un mammifère !

– Oui, euh… évidemment, c'est ce

que je voulais dire ! réplique le poulpe, vexé, en agitant sa tête flasque. Je connais parfaitement tous les habitants de l'océan, moi ! Tu ne vas pas me donner de leçons !

– Mais…

– Oh, et puis laisse-moi donc tranquille, minus ! grogne le vieux poulpe, soudain agacé. J'ai assez de soucis comme cela…

Et il pousse un énorme soupir. Puis il se replie sur lui-même en tremblotant et entortille ses longs tentacules pleins de ventouses roses.

– S'il vous plaît, monsieur Léopold ! insiste Nicky. J'ai de gros ennuis : les hommes m'ont pris ma maman ! Et puis, je me suis perdu !

– Mais cela n'est pas bien grave ! Si tu savais ce qui m'arrive, à moi… Une vraie catastrophe : je n'ai plus de maison ! Une grosse murène m'a volé mon trou ! Cette grincheuse a osé me jeter dehors, moi, à mon âge… Et il n'y a pas un seul autre trou confortable dans les environs !

Nicky réfléchit un moment. Il trouve le vieux Léopold plutôt gentil malgré sa laideur. Et il aimerait lui venir en aide, mais il ne voit pas comment…

– Je suis si fragile et si peureux, je n'oserais jamais aller déloger la murène ! Il paraît qu'elles sont très méchantes ! se dit-il, en jetant un regard inquiet vers le trou noir où elle se cache.

La maison de Léopold

Le dauphin remonte à la surface pour respirer un instant. Puis, en replongeant, Nicky regarde autour de lui. Et il aperçoit, cachée parmi de longues algues qui se balancent dans le courant… une vieille carcasse de bateau !

Alors, il a une idée et il appelle vite le vieux Léopold qui somnole sur sa roche.

– Venez voir, monsieur Léopold ! Je vous ai trouvé une nouvelle maison !

– Hein ? Que racontes-tu ? grogne le poulpe, incrédule, en ouvrant un œil vitreux.

Le petit dauphin lui fait signe du museau et Léopold se décide mollement à le suivre jusqu'au vieux bateau.

– Regardez ! s'écrie Nicky, tout content de sa découverte. Vous pouvez habiter là-dedans, c'est grand et vous

serez bien protégé !

Le vieux poulpe reste muet d'éton-
nement. Il rougit puis avoue :

– Alors là, bravo, mon petit poisson !
Je n'y aurais jamais pensé ! Mille
excuses ! Moi qui te trouvais un peu
nigaud, je vois que tu es plutôt malin !

Et le poulpe s'introduit aussitôt à
l'intérieur de sa nouvelle maison. Il tâte
les parois avec ses tentacules et
s'exclame, ravi :

– Oh oh ! C'est absolument parfait !
Et en plus, c'est ravissant ! Vraiment,
petit, je te remercie !

Puis il ajoute :

– Tu vois, les hommes ne sont pas si
méchants, puisqu'ils nous offrent des
maisons !

Nicky n'est pas d'accord, mais il ne
répond pas. Car, pour la première fois de
sa vie, il se dit que sa maman serait fière
de ce qu'il vient de faire ! Maintenant, il

sent qu'il est temps pour lui de partir. Il doit retrouver sa famille, et puis sa maman. Avant de lui dire au revoir, Léopold lui demande :

– Dis-moi, petit, je pense à une chose : ta maman qui a disparu, je suppose qu'elle te ressemble, mais… euh, en beaucoup plus grand ?

– Oh oui, monsieur ! Et puis elle est très belle.

Le poulpe réfléchit un instant puis annonce, triomphant :

– Mais oui, c'est bien cela… Alors, je sais où elle est !

– C'est vrai ? Vous l'avez vue ? sursaute Nicky.

– Bien évidemment ! Rappelle-toi : je suis le savant de l'océan ! Rien ne m'échappe ! Voilà, ta maman se trouve plus loin, là-bas, derrière le grand rocher noir…

– Oh, comme je suis content ! Je vous

remercie mille fois. J'y vais vite.

– Un dernier conseil, toutefois : attention au grand requin, il rôde par là !

– Oui, oui, au revoir, monsieur Léopold !

Et le cœur battant à l'idée de retrouver sa maman, Nicky l'effarouché plonge aussitôt dans la direction indiquée. Mais il est tellement excité qu'il en oublie même de remonter respirer ! Cette erreur risque de l'étouffer...

La grande grotte

Nicky descend vers le gigantesque rocher noir que lui a montré le vieux Léopold. Il s'approche de la paroi abrupte, mais au moment de la contourner, voilà qu'il rencontre à nouveau le banc de sardines.

En le voyant, celles-ci ricanent :

– Attention, revoici « la terreur des océans »!

– Hi hi, je n'ai jamais vu de dauphin aussi maigrichon !

– Arrêtez de vous moquer de moi ! réplique le pauvre Nicky, vexé. Si je veux, je vous attrape toutes d'un coup et je vous dévore !

– Essaye donc ! le défient-elles.

Et les sardines s'enfoncent aussitôt dans une grande faille sombre creusée au cœur la roche.

Nicky hésite un instant. Il a hâte de rejoindre sa maman, mais il en a assez de se faire ridiculiser par ces petits poissons prétentieux !

– Je vais leur donner une bonne leçon ! pense-t-il. Et en plus, je commence à avoir sérieusement faim ! Ce n'est pas très appétissant, mais Maman sera contente si je lui dis que j'ai mangé une sardine !

Et il s'introduit à son tour dans la grotte...

Dans sa précipitation, Nicky n'a pas aperçu la grande ombre effilée et menaçante qui plane juste au-dessus de lui. Est-ce l'un des fameux dangers de l'océan ?

À l'intérieur de la grotte, il fait assez sombre. Nicky entend le gloussement des sardines et il les aperçoit qui brillent un peu plus loin. Il accélère pour les rattraper, mais d'un coup de queue nerveux, celles-ci plongent dans une

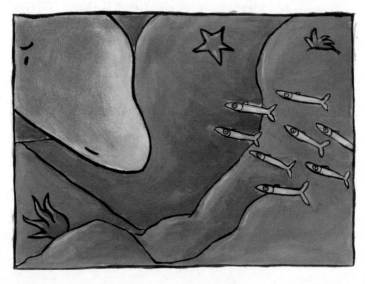

autre galerie à droite, puis une autre, à gauche.

Le petit dauphin les suit. Il nage un bon moment. Soudain, il s'aperçoit que les sardines ont disparu !

– Où sont-elles passées ? Nicky tente de distinguer quelque chose autour de lui mais, décidément, il fait trop sombre !

Tout à coup, le rire des sardines éclate, très loin dans son dos...

– Ça alors ! s'étonne Nicky. Elles sont ressorties par un autre chemin ! Et il fait vite demi-tour... paf ! il se cogne la tête contre une paroi qu'il n'a pas vue. Il cherche la sortie. Il aperçoit vaguement une autre galerie, là sur le côté et il s'y engouffre... Catastrophe : c'est un cul-de-sac !

– Voyons, du calme ! se dit-il. Je ne suis pas arrivé par là, tout à l'heure... Non, j'ai dû venir de la droite ! Ou bien de la gauche ?

Alors, Nicky revient en arrière, il tourne encore et encore… et finit par s'égarer tout à fait.

Le voici maintenant dans un vaste tunnel tout noir et silencieux. Et il fait si sombre qu'il n'ose plus ni avancer ni reculer ! Peut-être y a-t-il plein de monstres des profondeurs, cachés là ?

Soudain, Nicky comprend :

– Mais oui, ces méchantes sardines m'ont bien eu ! Elles ont fait exprès de m'emmener dans cette grotte pour que je m'y perde ! Me voilà pris au piège !

L'écho magique

Tout à coup, Nicky s'affole, car il réalise qu'il a fait une autre erreur encore plus grave :

– Quel idiot je suis ! J'ai oublié de respirer avant de plonger. Il faut vite que je sorte d'ici, sinon je vais étouffer !

Et il hurle :

– De l'air ! Au secours ! Au secours !

À cet instant, la paroi de la grotte renvoie à Nicky l'écho de son cri :

– Au secours ! Au secours !

Et alors, quelque chose de fantastique se produit : l'écho continue et lui dit :

– En haut, à droite, la paroi est toute lisse. En bas, juste en dessous, un gros rocher pointu te menace...

Le petit dauphin est stupéfait :

– C'est incroyable ! L'écho me parle ! C'est magique !

Il pousse à nouveau un cri strident et

voilà que l'écho lui indique un petit
couloir, qui s'ouvre en bas.

Le temps presse maintenant car il
manque d'air et, sans plus réfléchir,
Nicky s'y précipite ! Le couloir est
étroit, mais le dauphin ne se cogne plus,
car à chaque cri qu'il pousse, l'écho le
guide et le prévient des obstacles.

Bientôt, une petite lueur pâle apparaît tout au bout du tunnel : la lumière du jour ! Nicky est sauvé !

– Oh, mais ce doit être par là que les sardines se sont enfuies ? pense Nicky. Quelle chance, j'ai trouvé le bon couloir ! Merci, écho magique !

Enfin, à bout de souffle, le dauphin atteint la sortie de la grotte.

– Vite ! De l'air ! Je n'en peux plus ! gémit-il.

D'un grand coup de nageoire, il remonte vers la surface. Il aperçoit le soleil qui brille tout là-haut… et bientôt, il crève le miroir de l'eau ! Il s'emplit les poumons d'une énorme et merveilleuse goulée d'air pur.

– Hmmmh, que c'est bon de respirer ! savoure Nicky, soulagé.

Et Nicky l'effarouché est tellement content d'être vivant qu'il fait de grands bonds hors de l'eau en riant :

– Hi hi, j'ai réussi à me sauver de la grotte ! Vilaines sardines, si jamais je vous retrouve, je vous mange toutes, toutes, toutes !

Puis, avant de replonger à la recherche de sa mère, Nicky se dit :

– Il faudra que je parle à Maman de cet écho magique qui m'a sauvé. Elle saura sûrement m'expliquer ce mystère…

La géante

Tout frétillant, Nicky prend son élan et plonge à nouveau vers le grand rocher noir indiqué par le poulpe.

– Léopold m'a bien dit que Maman était là… Mais je me demande ce qu'elle fait si loin ? Elle doit me chercher… Je vais lui faire une belle surprise !

Le petit dauphin contourne la roche et descend de plus en plus loin.

La-haut, à la surface, une grande ombre pointue tourne lentement en rond au-dessus de lui.

Mais Nicky ne la voit pas, il est trop absorbé à scruter les eaux bleu marine et à appeler :

– Maman ! Maman ! Où est-tu ? C'est moi, Nicky !

Soudain, une voix très grave retentit sous l'océan :

– Dôô, dôô lââ lââ…!

Stupéfait, Nicky s'immobilise.

Cette voix est si puissante qu'elle fait vibrer tout son corps, depuis le museau jusqu'à la queue !

– Ce n'est pas Maman ! Qui peut avoir une si grosse voix ? s'inquiète-t-il.

– Do ré mi fa sol la si dôôô! Do si la sol fa mi ré dôôô! poursuit la voix.

– Oh ! C'est quelqu'un qui chante...

Intrigué, Nicky avance prudemment.

Les eaux profondes sont troubles et il n'y voit pas grand-chose.

Tout à coup, une forme gigantesque apparaît devant lui ! C'est une sorte de poisson, mais trois fois, six fois… dix fois plus grand que Nicky !

– Hiiih ! Au secours ! Un géant ! hurle le dauphin en reculant, épouvanté. À cet instant, la géante interrompt sa chanson et lance, d'une voix grave et courroucée qui fait frémir tous les rochers :

– Qui est là ? Qui ose interrompre la grande Bianca dans ses répétitions ?

Nicky l'effarouché a tellement peur qu'il n'ose plus bouger. Il s'excuse, en tremblant :

– Euh… Je… Pardon, Madame ! Je ne voulais pas vous déranger ! Je suis Nicky le dauphin et euh… je cherche ma maman !

La géante se tourne alors vers Nicky. Elle a une gueule énorme et des yeux minuscules. Ses longues nageoires ressemblent à des ailes blanches.

– Ah bon, tu es un dauphin ? Tu es si petit que je t'avais pris pour… une crevette ! Ho ho ho ! s'esclaffe la géante d'un rire tonitruant.

– Je vous en prie, Madame, ne me mangez pas !

– Comment ? Moi, te manger ? Voyons, je suis une baleine, nous sommes un peu de la même famille… Et d'ailleurs, je n'aime que le plancton !

— Oooh ! Vous êtes une baleine ! s'écrie Nicky, impressionné.

— Oui, et j'ai besoin de silence pour travailler ! De toute façon, ta maman n'est pas ici… Alors laisse-moi !

— Pourtant, un grand savant m'a dit qu'elle était là ! insiste Nicky.

— Hum… Un grand savant, dis-tu ? Il ne s'appelle pas… Léopold, par hasard ?

– Mais si, c'est lui !

– Ho ho ho ! J'en étais sûre ! Ce vieux poulpe gâteux… Il joue les savants devant les jeunes, mais il se trompe tout le temps ! C'est moi qu'il a confondue avec ta maman !

– Oh non ! Ce n'est pas possible ! soupire Nicky, très déçu.

– Désolée, petit ! Tu as fait fausse route…

La chanson de l'étoile de mer

Bianca la baleine observe un instant le pauvre dauphin solitaire. Il est tellement petit et fragile par rapport à elle qu'elle s'attendrit. Et elle lui dit d'une voix plus douce :

— Allons, allons, ne t'inquiète pas, tu la retrouveras, ta maman ! Ce n'est pas si grave ! Si tu savais ce qui m'arrive à moi… un drame !

— Hmmmhh… murmure Nicky, lointain.

— Vois-tu, je suis une grande cantatrice… Je l'avoue, en toute modestie, la meilleure de l'océan ! Et ce soir, je dois chanter au Grand Concert des Baleines… mais j'ai un terrible trou de mémoire ! Je ne me souviens plus du tout du refrain de ma chanson ! Oh, je suis horriblement inquiète ! Comment vais-je faire ?

Nicky ne répond pas. Il réfléchit aux moyens de retrouver sa famille.

Alors, au bout d'un moment, Bianca se désintéresse de lui et reprend ses répétitions.

Elle fait quelques vocalises :

– Dôô dôô lââ lââ…! Mîîîî!

Puis elle commence à chanter :

Cachée dans la roche
L'étoile de mer dort.

À quoi rêve-t-elle ?
Elle rêve du ciel !

En entendant cette chanson, Nicky relève la tête :

– Tiens… cet air me rappelle quelque chose ! pense-t-il, tandis que la baleine poursuit de sa voix grave :

Car une nuit d'été
Il y a tant d'années
Elle s'est décrochée
Du ciel étoilé
Et dans notre mer
L'étoile est tombée !

Puis, soudain, la grande Bianca s'interrompt. Elle s'énerve :

– Et voilà ! Maintenant, c'est le refrain… et pas moyen que je m'en souvienne ! Zut, zut, zut !

– C'est la chanson de l'étoile de mer, ça ! Je la connais !

– Comment ? Que dis-tu ? s'étonne Bianca.

– Oui ! Écoutez… Le refrain, c'est :
Rêve, rêve, belle étoile de mer
Rêve, rêve aux étoiles du ciel!
Un jour tu verras
Tu t'envoleras
Et tu rejoindras
Tes amies là-bas!

– Ça alors ! Oh, mais c'est formidable ! s'exclame Bianca, ravie. Tu es merveilleux, magnifique ! Me voici sauvée, grâce à toi ! Et en plus, pour un dauphin, tu chantes plutôt bien ! Et si nous chantions ensemble maintenant ? Allez : un, deux…

Alors, Nicky et Bianca se mettent à chanter en duo. Leurs voix harmonieuses emplissent l'océan et, le temps de la chanson, Nicky oublie tous ses soucis !

En route vers la côte

Quand ils s'arrêtent enfin de chanter, Bianca dit à Nicky :

– Il faut absolument que tu viennes assister à notre concert, ce soir ! Je suis certaine que ça te plaira !

– Je vous remercie, répond Nicky, mais je n'ai pas le temps ! Je veux absolument retrouver ma famille et puis surtout Maman !

Bianca réfléchit puis dit :

– Ce sont les hommes qui ont enlevé ta maman, n'est-ce pas ?

– Oui, je les déteste !

– Oh, ils ne sont pas toujours méchants ! Par contre, ils font beaucoup de bruit et ne savent pas chanter ! Moi, je les évite ! En tout cas, si tu veux retrouver ta maman, c'est simple : il te suffit d'aller tout droit par là. Tu contournes le récif de corail et la côte est juste derrière. C'est là-bas que vivent les hommes.

— Oh ! je vous remercie ! J'y vais tout de suite ! Est-ce loin ?

— Non, non, mon petit, c'est juste à quelques coups de nageoire !

— D'accord ! Allez, au revoir… et surtout, n'oubliez plus le refrain !

— Je ne risque pas ! Grâce à toi, ce sera un concert magnifique. Au revoir, dauphin chanteur… Et bonne chance !

Et Nicky l'effarouché remonte vers la surface. Au passage, il aperçoit sur le gros rocher, un groupe de crevettes affairées à grignoter dans les algues.

– J'ai tellement faim ! gémit-il. Je crois que je vais goûter une crevette !

Il s'approche de l'une d'elles, mais au moment de l'avaler, il hésite un peu et la petite bête s'enfuit aussitôt pour se réfugier dans un trou. Nicky demande poliment :

– S'il vous plaît, laissez-moi vous manger ! J'ai très, très faim et…

– Non, mais ! Vous n'avez pas honte ! protèste la crevette d'une petite voix pointue. Oser s'attaquer à un plus petit que soi ! Allez plutôt manger du requin !

Gêné, Nicky n'insiste pas et le pauvre regagne la surface de l'eau le ventre vide. Dehors, le vent s'est levé et de petites vagues frémissantes viennent éclabousser le museau du dauphin. Il respire profondément et examine le paysage.

– C'est bizarre, pense-t-il, Bianca m'a dit que la côte était proche et pourtant, je ne vois que l'océan partout ! Ah… mais je sais ! Pour la baleine, quelques coups de nageoire, ce n'est rien, alors que pour moi, si petit… c'est très loin ! Tant pis, j'avance ! Il faut que je retrouve Maman !

Le petit dauphin se met donc en route. Il nage droit devant lui, comme Bianca le lui a conseillé.

La lagune aux couleurs

Nicky nage longtemps. Enfin, il atteint une immense barrière de rochers sous-marins, en forme de croissant de lune.

– Ah, voilà le récif de corail dont m'a parlé Bianca ! soupire le dauphin, soulagé. La côte n'est plus très loin, je n'ai qu'à faire le tour…

Et Nicky plonge dans la lagune. Loin derrière lui, la grande ombre qui le suit depuis la grotte des sardines nage lentement mais sûrement. Elle a un grand aileron pointu sur le dos et semble bien décidée à rattraper le dauphin…

Pourtant, Nicky ne l'aperçoit toujours pas. Car sous l'eau, un spectacle surprenant et merveilleux s'offre soudain à ses yeux éblouis : parmi les rochers couverts de coraux, de magnifiques poissons de mille couleurs nagent !

Il y en a des mauves, des rouges, des blancs, d'autres sont rayés de jaune et de bleu, d'autres encore sont tachetés de vert.

Et ils sont si nombreux et si variés que la lagune semble remplie de mille fleurs multicolores, qui dansent dans le courant.

– Oh! Je n'ai jamais rien vu d'aussi beau! s'exclame Nicky.

Émerveillé, le petit dauphin plonge

parmi des poissons bleus décorés de cercles roses, qui grignotent paisiblement les coraux. À son passage, ils s'éparpillent en rouspétant :

– Qui est donc cet étranger qui ose nous déranger ?

– Pardon, jolis poissons ! s'excuse Nicky. Je ne vous veux pas de mal, j'ai juste envie de vous admirer de près !

Et le petit dauphin s'amuse avec insouciance à les poursuivre tout autour du lagon. Pendant un instant, il ne pense plus qu'à se remplir les yeux de couleurs !

Là-haut, le danger qui semble le menacer se rapproche peu à peu mais Nicky ne le sait pas…

Soudain, le dauphin découvre, assoupi dans un creux de rocher, un splendide poisson solitaire : il est tout doré, avec de très belles rayures blanches et orange !

Fasciné, Nicky l'admire :

– Oh, vous êtes magnifique !

– Oui, je sais… répond le poisson d'une voix douce et traînante. Je suis Rita, la plus belle de l'océan !

– La plus belle, vous êtes sûre ? s'étonne Nicky, tout innocent.

Pourtant, il y a beaucoup d'autres jolis poissons ! J'en ai même vu un là-bas qui…

– Comment ? Tu ne me crois pas ?
Tiens, regarde donc…

Et soudain, Rita se transforme ! Elle
semble se gonfler et se hérisse de
partout ! Elle dresse fièrement vers
Nicky de longues nageoires pointues et
une superbe crête, qu'elle tenait repliées.

– Oh, ça alors ! s'exclame Nicky.

– Superbe, n'est-ce pas ? Approche
un peu et caresse-moi, petit dauphin, j'ai
une autre belle surprise pour toi…

La colère de Nicky

Nicky hésite un peu, mais la jolie Rita insiste d'une voix charmante :

– Allons, ne crains rien ! Je suis bien trop petite pour te faire du mal… C'est plutôt des gros poissons que tu dois te méfier !

Alors, le dauphin se décide et il approche son museau un peu plus près des longues nageoires de Rita… Mais à l'instant précis où il va les toucher,

Nicky s'immobilise.

Car une voix éraillée déchire soudain le silence de la lagune :

– Non, Nicky ! crie la voix. Gare à toi !

Stupéfait, Nicky se retourne vivement. Et alors, il découvre avec horreur qui a crié : c'est la longue silhouette qui le poursuit depuis si longtemps !

– Un requin ! hurle-t-il. Maman !

Le monstre fonce droit sur lui et Nicky, figé par la peur, n'essaie même pas de l'éviter.

Pourtant, étrangement, le grand requin semble manquer sa cible : il frôle Nicky et se cogne brusquement le nez dans la roche !

– Ouïe ouïe ouïe ! se plaint le requin.

Et, un peu assommé par le choc, il s'éloigne en grognant.

En attendant une nouvelle attaque, le petit dauphin, épouvanté, se recroqueville alors sous le rocher et gémit :

– Oh, c'est affreux, j'ai tellement peur que je n'ose même pas bouger d'ici ! Pourtant, je dois vite m'enfuir, sinon le requin va me dévorer ! Ah, si Maman était là, elle au moins, elle se battrait ! Elle est si courageuse ! Moi… je… je n'ose pas, c'est…

À cet instant, la petite Rita, toujours accrochée au rocher, l'interrompt en ricanant :

– Ha ha ha, je n'ai jamais vu de dauphin aussi peureux que toi !

Sa voix n'est plus charmante du tout, et Nicky, surpris, répond :

– Qu'avez-vous ? Pourquoi êtes-vous méchante avec moi ?

– Ne fais pas l'innocent ! poursuit l'autre sèchement. Tu as osé m'insulter, tu vas être bien puni ! Hé ! Hé ! Au prochain coup, le requin ne va pas te rater ! Et j'espère qu'il me laissera partager son festin… Miam miam !

– Oh, vous…

– Et puis, tu n'es pas très malin, petit dauphin ! Tu ne sais même pas qui je suis ! Et en plus, tu es vilain et maigrichon… Pfff !

Très vexé, Nicky réplique :

– Ça suffit, arrêtez de vous moquer de moi !

Là-haut, le requin marmonne tout seul, et Nicky jette un œil inquiet au-dessus de son rocher : le poisson décrit

de larges cercles et semble chercher sa proie du regard…

– Nicky le riquiqui, tu vas te faire dévorer ! nargue encore Rita.

Alors, soudain, Nicky explose :

– Oh, mais vous m'énervez, vous ! Et puis, j'en ai assez, à la fin ! Tout le monde se moque sans arrêt de moi, et tout ça parce que je ne suis pas fort comme les autres ! Eh bien, puisque

c'est comme ça, vous allez voir, tous ! Moi aussi, je peux être courageux comme Maman !

Et Nicky l'effarouché, envahi par une terrible colère comme il n'en a jamais eu de sa vie, oublie sa peur et sa faiblesse. Lui d'habitude si timide, il se dresse avec courage vers le grand requin et lui crie :

– Viens, méchant requin ! Je ne suis qu'un petit dauphin, mais je ne vais pas me laisser dévorer sans rien faire !

En découvrant soudain le courage de Nicky, Rita ressent une certaine admiration pour lui et avoue :

– Oui, après tout, je l'ai peut-être mal jugé, ce dauphin !

Le requin attaque

Le requin a repéré le petit dauphin et il nage de toute sa puissance vers lui…

Nicky peut voir sa peau gris-bleu miroiter dans la lumière et son grand aileron fendre les eaux !

– Qu'il est gros ! pense Nicky. Je me demande ce que je vais pouvoir faire contre lui...

Voilà, le monstre est tout près !

Mais… que se passe-t-il ?

– Oh, ça alors ! s'étonne Nicky. Ce n'est pas moi que le requin attaque ! C'est Rita !

En effet, sous les yeux éberlués de Nicky, le requin donne à Rita de grands coups de museau !

Toute hérissée, elle s'agrippe à sa roche et proteste :

– Au secours ! Laissez-moi tranquille ! Je ne vous ai rien fait, grande brute ! Et je ne suis pas comestible !

– Je sais qui tu es, Rita ! Mais moi, je ne crains pas tes épines ! réplique le requin, avec sa drôle de voix éraillée. Allez, va-t'en de là ou bien je te dévore ! Grrrr !

Toute frémissante de rage, la jolie petite Rita obéit, car malgré tout, elle aussi est impressionnée par ce grand poisson si agressif !

Et elle disparaît en marmonnant au

fond des eaux vertes, ses longues nageoires déployées avec orgueil.

Nicky n'y comprend rien. Et il regarde avec effroi le grand requin qui l'observe, lui aussi, de son œil transparent.

La colère du dauphin est retombée tout à coup, et maintenant, la peur l'envahit à nouveau…

Mais à cet instant, le requin gris le rassure de sa voix rauque :

– Allons, Ticky, ne crains rien ! Je suis Fred le requin pèlerin. Je suis inoffensif ! Regarde, mes dents sont minuscules ! Je ne mange que du plancton, comme les baleines…

– Inoffensif ? s'étonne Nicky, méfiant. Alors, pourquoi avez-vous attaqué Rita ?

– On voit bien que tu ne connais pas les véritables dangers de l'océan, Micky ! Euh… Kicky !

– Mon nom est Nicky, monsieur

précise le dauphin.

– Oui, oui, c'est ce que je voulais dire ! Figure-toi que Rita est une rascasse volante… explique Fred le requin pèlerin. Un bien joli poisson, mais le venin de ses nageoires est mortel pour celui qui s'y frotte ! Sa beauté est un piège, petit…

– Un piège ! s'exclame Nicky. Mais alors, vous m'avez sauvé la vie ! Et moi qui vous croyais méchant…

Fred, le requin pèlerin

Nicky est pensif et nage un instant en silence, tout en surveillant le requin pèlerin du coin de l'œil, car il n'est pas encore bien convaincu de sa gentillesse…

Fred l'accompagne et continue doucement :

– Tu sais, Dicky, il ne faut pas te fier aux apparences…

– Mon nom est Nicky, monsieur Fred !

– Oui, euh, pardon, je n'ai pas de mémoire… Je disais donc : méfie-toi, car les méchants ne sont pas toujours ceux que l'on croit ! Remarque, beaucoup d'animaux font comme toi, ils me confondent avec mes méchants cousins et ils fuient tous sur mon passage ! J'ai même fait peur à Rita ! Moi qui suis si paisible et si timide !

– Hmmhh, hmmmhh… approuve Nicky, plongé dans ses pensées.

– Ah, je dois t'avouer que cela me donne bien du souci, hélas ! poursuit Fred en soupirant. Tu comprends, personne ne veut me parler ! Pas moyen de me faire des amis… Mais, bon, je ne vais pas étaler ainsi ma vie privée.

Nicky observe le requin pèlerin d'un œil attendri. Il répond :

– Vous savez, moi aussi, j'ai de gros

66

soucis ! Ma maman a disparu et…

– Justement, Zicky ! C'est pour cela que je te poursuis, depuis un bon moment ! Je voulais te parler, mais tu nages si vite ! En plus, je suis très myope… Je me suis cogné contre le rocher, tout à l'heure ! Du coup, je t'ai perdu plusieurs fois…

– Vous vouliez me parler ?

– Oui, je… enfin… hum, j'ai une mauvaise nouvelle pour toi. J'étais au bord de la côte lorsque les hommes ont déchargé ta maman de leur bateau ! J'ai tout vu !

– C'est vrai ? Et… et alors ? demande Nicky, inquiet.

– Hélas, ils l'ont emmenée à l'intérieur des terres !

– Oh ! Ces hommes, je les déteste !

– Je sais, mais sois raisonnable, Bicky, tu ne pourras jamais retrouver ta maman ! Rentre vite chez toi et rejoins ta famille… J'ai vu que tu étais courageux, mais tu cours de graves dangers, tout seul dans l'océan !

– Non, je ne peux pas abandonner maintenant ! s'entête le petit dauphin. Je veux retrouver maman ! Où l'avez-vous vue ?

– Oh, ce n'est pas bien loin ! dit Fred. Tu n'as qu'à longer la côte, là-bas, et tu atteindras le port. Moi, à ta place, je…

– Bon, j'y vais ! coupe Nicky.

Au moment de quitter Fred, il lui vient une idée car la solitude de ce gentil requin pèlerin lui fait de la peine et il a envie de l'aider. Et puis, Fred lui a sauvé la vie.

Nicky lui dit :

– Je connais un vieux poulpe qui vit tout seul au fond d'un bateau. Il s'appelle Léopold et il sera très fier de vous faire visiter sa maison ! Et puis, si vous aimez la musique, il y a aussi

Bianca la Baleine, elle donne un grand concert, ce soir! Ils habitent tous les deux derrière le gros rocher noir. Allez les voir de ma part, ils n'auront pas peur de vous et je suis sûr que vous deviendrez amis! Au revoir, monsieur Fred!

– Oh, vraiment, je te remercie! J'y vais tout de suite! répond Fred, ravi. Au revoir, Nicky… euh pardon… Vicky! Et

prends garde aux hommes !

Et le requin pèlerin s'éloigne en marmonnant de sa voix rauque :

– Des amis ! Des amis pour moi ! Ho, ho, ho !

Nicky contourne le récif de corail, bien décidé à rejoindre la côte au plus vite.

Et il se dit :

– Une petite rascasse jolie mais très méchante, et un gros requin très gentil… Maman a bien raison : les méchants ne sont pas toujours ceux que l'on croit !

Un homme à la mer

En remontant vers la surface, Nicky réfléchit à tous les événements qu'il a vécus, depuis la disparition de sa maman :

– Voyons… pense-t-il. J'ai réussi à résoudre les problèmes de Léopold et de Bianca, je me suis sauvé du piège des sardines grâce à un écho magique, j'ai aussi découvert que je sais chanter… et que je peux même me mettre en colère ! Une si grande colère qu'elle m'a donné le courage d'affronter un requin ! Après tout, c'est peut-être vrai que j'ai quelques qualités…

Brusquement, Nicky se rend compte que l'après-midi touche déjà à sa fin.

De gros nuages gris s'amassent dans le ciel qui s'assombrit, et l'océan s'agite.

Notre petit dauphin se sent fatigué et terriblement affamé…

– Si jamais je vois une crevette ou une sardine, gare à elle… Cette fois, je la mange ! songe-t-il avec envie.

Il examine la côte qui s'étire, là-bas, et il se demande comment il va pouvoir retrouver sa maman…

– Pourtant, je suis sûr que je vais y arriver ! murmure-t-il. Mais il va falloir que j'affronte les méchants hommes…

Nicky se met donc à nager courageusement vers le rivage, lorsque de curieux battements à la surface de l'eau attirent soudain son attention.

– Tiens ? Qui peut faire tant de bruit ? se demande-t-il.

Intrigué mais prudent, le dauphin nage silencieusement dans la direction des sons.

Et quelle surprise lorsqu'il découvre qui se débat dans les flots…

– Oh ! Mais ce n'est pas un animal… C'est un homme ! Ou plutôt… un petit d'homme !

En effet, c'est bien un enfant, perdu tout seul, en plein océan !

Épuisé, affolé, il s'agite et frappe l'eau de ses bras. Il lutte désespérément contre les vagues glacées qui le soulèvent, le recouvrent, et fouettent sa petite figure ronde !

Et il pousse des cris de panique, dans une langue inconnue de Nicky :

– Au secours ! Je me noie ! Au loin, un petit bateau pneumatique orange dérive vers le large, emporté par les

courants...

Nicky s'immobilise, indécis.

– Ce petit homme n'a pas l'air menaçant ! pense-t-il. Je crois qu'il est plutôt en danger... Il a dû tomber de son bateau ! Mais c'est peut-être un piège, méfions-nous...

À cet instant, l'enfant aperçoit le petit dauphin, dont la nageoire dorsale pointe hors de l'eau. Terrifié, il hurle :

– Au secours ! Un requin ! Maman !

Et il s'agite de plus belle...

Nicky, qui ne comprend pas le langage des hommes, l'observe d'un œil étonné :

– Mais que dit-il ? C'est bizarre, on dirait qu'il a peur de moi !

À cet instant, une vague plus forte que les autres recouvre l'enfant et l'engloutit.

– Oh là là, mais c'est affreux... Il va se noyer ! panique Nicky.

Alors, notre petit dauphin n'hésite plus ! Il oublie ses craintes et son dégoût des hommes pour se précipiter au secours de l'enfant.

– Je ne sais pas ce qui m'arrive, s'étonne-t-il. Moi qui déteste tant les hommes… Je n'ai qu'une envie, c'est d'aller vite sauver celui-ci ! On dirait que quelque chose de plus fort que moi me pousse vers lui !

La caresse du petit homme

Nicky récupère l'enfant sous l'eau et le pousse avec son museau vers la surface.

L'enfant remue faiblement et murmure avec soulagement :

– Ouf ! Ce n'est pas un requin… C'est un dauphin !

– Je ne sais pas ce que vous dites, petit homme… répond Nicky. Je vais vous transporter jusqu'à la côte, mais ne me demandez pas pourquoi : je n'en sais rien du tout !

L'enfant, lui non plus, ne comprend pas le langage du dauphin. Pourtant, il ferme les yeux et se laisse porter avec confiance… Très vite, à bout de forces, il s'endort.

Tout en nageant parmi les vagues, Nicky l'observe du coin de l'œil.

– Je n'ai encore jamais vu un homme d'aussi près ! songe-t-il avec une curiosité mêlée de crainte. Il n'a pas de nageoires… mais il n'est pas aussi vilain que je croyais !

Puis, un peu honteux, il pense :

– Et dire que les hommes m'ont pris ma maman et que je suis en train de sauver l'un d'eux ! Décidément, je suis un drôle de dauphin !

Au bout d'un moment, le petit homme se réveille. Il s'agrippe à la nageoire de Nicky et comprend :

– Il me ramène vers la côte ! Je suis sûr qu'il veut me sauver ! Oh, merci, gentil dauphin !

Et l'enfant pose sa tête contre le cou du dauphin. De la main, il se met à caresser tout doucement la peau grise et lisse de Nicky.

– Hmmmhh, comme cette caresse est agréable ! savoure Nicky, très surpris. Et la peau de ce petit homme est douce et chaude… autant que celle de Maman ! Jamais je n'aurais cru cela possible !

– Comme tu as la peau douce, joli dauphin ! murmure l'enfant, en se serrant contre lui. Et comme tu nages bien ! Tu ne crains pas les vagues, toi.

– Et sa voix est belle ! poursuit Nicky. Vraiment, ce n'est pas du tout comme ça que je m'imaginais les humains… ajoute-t-il, très troublé.

L'océan se hérisse d'innombrables vagues. Et notre dauphin, qui craint une tempête, lutte de toutes ses forces pour atteindre le rivage au plus vite. Il songe :

– C'est étrange, je me sens bien avec ce petit homme… Et puis, il est si faible que moi, j'ai l'impression d'être fort, tout à coup !

Malgré sa fatigue et son désir de retrouver sa maman, il ajoute avec conviction :

– Je dois y arriver ! Je dois sauver ce petit homme à la peau douce. Sa vie dépend de moi. Je suis sûr que Maman me donnera raison…

Maman, où es-tu?

Enfin, voici la côte. Nicky entre dans une baie, dont les eaux abritées sont plus calmes qu'ailleurs.

Il scrute les rochers clairs.

– Attention ! se dit-il. Il y a peut-être des hommes méchants, qui se cachent ici pour m'attraper.

Mais tout est désert aux alentours, car la nuit commence à tomber.

Nicky dépose l'enfant sur les rochers et lui dit :

– Voilà, j'ai réussi, vous êtes chez vous ! Dire qu'on m'appelle Nicky l'effarouché et que je viens de sauver la vie de quelqu'un !

Une fois à terre, le petit garçon s'accroupit et donne une dernière caresse à Nicky.

– Tu m'as sauvé la vie, gentil dauphin ! murmure-t-il. J'aimerais tellement te remercier… Mais je ne sais pas comment.

Nicky observe l'enfant et lui dit :

– Je suis sûr que vous, vous n'êtes pas méchant ! Si seulement vous pouviez m'aider à retrouver Maman !

– Comme tu as de la chance d'être libre ! dit l'enfant. Tu sais, mon oncle a capturé un dauphin femelle pour son Marineland… Moi, au début, j'étais content, mais je vois bien qu'elle est très

82

triste d'être enfermée ! Les dauphins sont si heureux, comme toi, dans l'océan…

Songeur, l'enfant se relève et fait un signe d'adieu au dauphin.

Nicky se dresse hors de l'eau et hurle :

– Attendez, ne partez pas déjà ! J'ai besoin de vous… Vous êtes le seul à pouvoir m'aider ! Je vous en supplie.

Et il fait de grands bonds en l'air, pour attirer l'attention de l'enfant.

– Oh, comme il est gentil ! Il me fait de grands signes pour me dire adieu ! croit celui-ci. Au revoir, joli dauphin ! Et merci encore, je ne t'oublierai pas !

Et le petit homme s'éloigne à grands pas sur le chemin qui mène au port.

Il disparaît dans la pénombre en murmurant :

– C'est trop injuste de vivre enfermé ! Je crois que j'ai une idée… Ce sera ma façon à moi de remercier tous les dauphins. Il faut que je le fasse ! Pourvu que j'aie le courage !

– Catastrophe ! soupire Nicky dans l'eau. Le petit homme est parti ! Cette fois, tout est perdu.

La nuit est tombée, maintenant, et la lune brille dans le ciel bleu marine.

Notre pauvre dauphin se retrouve seul dans les eaux sombres qui baignent la côte et s'agitent de plus en plus.

Alors, il se met à l'abri entre deux grands rochers.

Il regarde là-bas, au loin, sur les terres, de petites lumières jaunes qui trouent l'obscurité. Et il soupire :

– Maman, Maman, où es-tu ? J'ai peur de ne jamais te retrouver...

La tempête dure longtemps, puis finit par se calmer, tard dans la nuit. Peu à peu, le va-et-vient régulier des vagues contre les rochers berce doucement Nicky.

Et notre petit dauphin est tellement fatigué que, malgré tous ses soucis, il s'endort bientôt entre deux eaux.

Petit dauphin deviendra grand

Bien plus tard dans la nuit, une voix douce et familière sort soudain Nicky de son sommeil :

– Nicky ?… Nicky, mon tout-petit ! Que fais-tu là ?

Le petit dauphin ouvre un œil endormi et marmonne :

– Hmmmh ? Qu'est-ce qui m'arrive ? Je dois être en train de rêver… J'entends la voix de Maman !

– Mais non, mon bébé chéri, tu ne rêves pas ! C'est bien moi !

Alors Nicky se réveille tout à fait. Son cœur bat très vite.

– Maman ! Maman !, c'est toi ! Oh, je n'arrive pas à y croire s'écrie-t-il en découvrant sa mère qui nage vers lui avec souplesse.

Les deux dauphins sont fous de joie

de se retrouver ! Ils font des pirouettes sous l'eau.

Et ils se frottent l'un contre l'autre, en se donnant de grands coups de museau affectueux !

– Oh, comme je suis heureux,

Maman ! dit Nicky. Où étais-tu ? Je t'ai cherchée partout !

– Eh bien, les hommes qui m'ont enlevée sont bizarres ! Ils m'ont enfermée dans un bassin pour me faire jouer ! Au début, je trouvais cela amusant, mais je me suis vite lassée de sauter et de pousser un gros ballon. Je n'ai pas envie de jouer toute la journée, moi ! Et puis, surtout, je déteste la solitude et j'avais tellement envie de te retrouver, mon Nicky ! J'étais si inquiète pour toi !

– Et alors ? demande Nicky. Tu as réussi à t'échapper ?

– Non, c'est un petit homme qui est venu me délivrer, cette nuit. Il m'a emmenée jusqu'à l'océan dans un drôle d'engin qui roule sur la terre.

– Un petit homme ? C'est peut-être celui que j'ai sauvé !

– Comment ? Tu as sauvé un homme ?

– Oui, Maman, et il m'est arrivé plein d'autres choses ! répond Nicky avec une certaine fierté.

Et il lui raconte alors toutes ses aventures. Quand il a fini, celle-ci lui dit :

– Oh, comme je suis fière de toi, mon Nicky ! Tu es un petit dauphin débrouillard, généreux et très courageux ! Je le savais bien…

– Peut-être que sans cet écho magique, je serais resté coincé dans la grotte des sardines !

– Mais non, voyons ! rit sa maman. Cela n'a rien de magique… C'est ton sonar, tout simplement !

– Mon quoi ?

– C'est une sorte de radar que possèdent tous les dauphins pour se guider !

– Ooooohh ! s'étonne le petit dauphin.

La maman de Nicky observe son petit qui nage sans crainte, tout seul, devant elle. Et elle lui dit avec admiration :

– Comme tu as changé ! On dirait que tu as grandi tout d'un coup ! Et comme tu nages bien !

– C'est vrai, Maman, je me sens fort maintenant ! Et je n'ai plus peur comme avant !

Nicky bondit hors de l'eau en s'écriant :

– J'adore l'océan ! Youpi !

L'aube se lève lentement et là-haut, dans le ciel, les étoiles de la nuit s'éteignent une à une.

– Regarde, Maman ! dit Nicky. Il y a des étoiles toutes petites, mais qui brillent très, très fort…

– Bien sûr ! répond-elle. Et il y a des dauphins tout petits, mais qui ont de très grandes qualités… Viens, allons retrouver notre famille !

Tous deux s'éloignent, côte à côte, dans l'océan immense que caressent les premiers rayons de soleil.

Et le petit dauphin murmure :

– Tu sais, Maman, je crois que personne ne m'appellera plus jamais Nicky l'effarouché…

Table des matières

La première bibliothèque des enfants

Pour ne plus jamais perdre le fil de l'aventure...

Découpe ce marque-page en suivant les pointillés, plie-le en son centre et colle-le.

© Éditions Hemma
106, rue de Chevron
4987 Chevron
Belgique
N° d'impression: 5401.0302
Dépôt légal: 03.03/0058/025
Imprimé en Italie

Loi n°49-956 du 16 juillet 1949
sur les publications destinées à la jeunesse